The Poet Li Po

PALI LANGUAGE TEXTS: CHINESE

Social Sciences and Linguistics Institute
University of Hawaii

John DeFrancis
Editor

The Poet Li Po

YUNG TENG CHIA-YEE

University of Hawaii Press
Honolulu

Contents

v

Preface

The Tang Dynasty poet Li Po (in Pinyin transcription: Lǐ Bó), who died in A.D. 762, has enjoyed fame not only as a poet but also as a colorful and eccentric personality. There are many anecdotes recounting his prodigious feats in imbibing wine and his disdain for conventional officials.

The present work tells some of these tales in very simple form. It uses only the 400 characters introduced in my *Beginning Chinese Reader* (New Haven: Yale University Press, 1963), plus another 44 characters that are especially needed to tell the story. The aim in presenting this account of Li Po within the confines of such a limited vocabulary is to provide some simple supplementary reading for students who have completed a beginning reading text. As an aid to easy reading, all occurrences of new characters (other than those in the name Li Po which the student should memorize at the outset) are accompanied by their transcription.

In view of the increasing emphasis on the use of simplified characters, these forms are used throughout the story for both old and new characters. All the simplified forms used in the text are presented together with their regular variants in the Stroke Index of Characters. In addition the new characters appear in both their simplified and regular forms (the latter in parentheses) in the Notes and in the Pinyin Index.

The Notes present in sequential order the carefully limited number of new characters, terms, and structures, together with occasional translations of more difficult phrases. The Stroke Index of Characters lists all the new characters and simplified characters that occur in the story. Finally the Pinyin Index provides a cumulative glossary of all these items.

These aids are intended to make the story easy to read. Students should not spend time memorizing characters or terms or otherwise handling the material as a basic text. As much as possible, even at the cost of somewhat less than 100 percent comprehension, students should treat the story as something to enjoy, not as something to agonize over.

The present volume is one of a series of five supplementary readers to accompany *Beginning Chinese Reader*. The first is to be read after lesson 30, the second after lesson 36, the third after lesson 42, and the last two, including the present volume, after lesson 48. The stories can, of course, be read by students who are learning Chinese from other beginning reading texts. All but the last of these five supplementary readers were written by Mrs. Yung Teng Chia-yee.

John DeFrancis

李　白

　　李白是中国唐(táng)朝的时候，一个大诗(shī)人．他不但在当时是很有名的，就是过了一千多年以后，到了今天，只要是念过 5 了一点儿中国书的，多半儿知道李白这个名字．还有很多人最喜欢他的诗(shī)．

　　他为甚么这么有名呢？当然是因为他的诗(shī)作得好．他的 10 诗(shī)好在甚么地方呢？他的诗(shī)是用很自然的白话，就连不懂得诗(shī)的老太太跟小孩子，也能懂．比方说，他有一首(shǒu)诗(shī)：

1

床前明月光，疑是地上霜．

举头望明月，低头思故乡．

这首诗用很自然的白话，写出看见明月想起家乡的意思，实在明白极了．所以从古到今，5 很多人都说他是一个大诗人．

李白不但作诗出了名，而且喝酒也出了名．古时候喝酒，有用杯的，也有用斗的．斗比杯大的多．李白喝酒最喜欢用 10 斗，而且喜欢用大斗．他更喜欢多喝．他喝醉了以后，时常自己对自己说话．有的时候，一边儿喝酒，一边儿作诗．那时候作出来的诗，又快又好，15 真是更自然更明白．所以有人

说，<u>李白</u>是生活在诗^{shī}、酒^{jiǔ}里，
又是诗^{shī}仙^{xiān}，又是酒^{jiǔ}仙^{xiān}。

　　<u>李白</u>是那一国的人呢？当
然是中国人了。可是也有人说
5 他不是中国人，是外国人。为
甚么说他是外国人呢？因为他
出生在外国。

　　<u>李白</u>的先人，本来是中国
人，在上几代的时候，在中国
10 都是很有名的。后来，也不知
道在那一代，也不知道为了甚
么原因，他的先人离开了中国
到外国去了。那个外国是西方
的一个国家，在中国的西边，
15 离中国不太远。他的先人到了
那个西方国家以后，就把原来

在中国用的姓名不用了，用了
一个外国姓名. 经过了很多年，
一直到<u>李白</u>的父亲那一代，他
父亲想回中国，就在回国以前，
又用原来在中国的姓，又姓<u>李</u> 5
了. <u>李白</u>是在那个西方国家出
生的，他父亲给他起一个名字
叫<u>李白</u>. 因为<u>李白</u>生在外国，
所以有人说他不是中国人，是
外国人. 10

　　那么，为甚么又说<u>李白</u>是
中国人呢？那是因为<u>李白</u>的先
人是中国人，他又是在中国长
大的，所以说他是中国人.

　　在<u>李白</u>五岁那一年，他跟 15
他父亲一块儿回中国来了. 那

时候，他父亲手里有点儿钱，
甚么也不做，每天只是看看书，
跟朋友来往来往．有时候，教
李白念念书．这就是说，他们
5 回国以后，生活得很好．

　　在他父亲的朋友里，有几
个学道的．甚么是学道的呢？
就是研究道教里的方法．如果
研究成功，就可以长生不老．
10 人就可以成仙人，——仙人是
长生不老的．他父亲有了这几
个学道的朋友，也就学道了．
买了不少学道的书，天天在家
里学道．李白时常看见的、听
15 见的，都是学道的事．后来，
他也有意思学道了．

　　李白大了以后，他在家里
念书很用功，不但念中国书，
就连他出生的那个西方国家的
文字，他也学．有时候，也看
看他父亲研究道教的书．因为 5
他从小就有天才，又能用功，
十五岁的时候，他就时常作文、
作诗(shī)．他在作文、作诗(shī)的时候，
不用多想，说出来的话，就是
很好的诗(shī)，很好的文．他有一 10
个本家的弟弟，说他的文学才
能，是天生的，所以作文、作
诗(shī)，又快又好，他说的话就是
文学．

　　李白在念书以外，还喜欢 15
学剑(jiàn)，他十五岁的时候，剑(jiàn)法

就学得很好了．他为甚么学剑
呢？他在他的一首 shǒu shī 诗里说：
"长剑 jiàn 一杯 bēi jiǔ 酒，男儿方寸 cùn 心．"

　　从这两句 shī 诗里，可以看出
他学剑 jiàn 的意思来了．　　　　　5

　　　有一天，<u>李白</u>心里想："念
书、学剑 jiàn、或者是学道，必得
有多方面的研究，如果老是在
家里，每天所能看见的，所能
听见的，能有多少呢？要是想 10
有真学问、真本事，必得离开
了家，到远的地方去，才可以
多学到一点儿东西．还有，时
常有人说，真有学问，真懂剑 jiàn
法的人，很少在城里，多半在 15
大山里．仙 xiān 人也是在山里的．

所以我应当到有名的大山里，
念书、学剑（jiàn），或者是学道。"他
想了很多天，他就把他的意思
跟他父亲说了。他父亲听了以
后说："你这个意思很好，不过，⁵
我有一句话告诉你，成（chéng）语说：
"行百里者半九十。"这话的意思
就是说，想走一百里路的人，
多半是只走九十里就不走了。
你离家上山以后，千万要有一¹⁰
个成（chéng）就再下山。"

　　李白跟他父母分别，离开
家，到了一个山上，那时候，
他已经有二十多岁了，就在山
上用功，念书、学剑（jiàn），还学道。¹⁵
过了两三年，他的学问虽然比

以前好一点儿，可是，他也没
见到甚么有名的学者，也没看
到剑法高明的人，更没看见道
教所说的仙人，只是跟山里一
个念书的人，研究研究学问． 5
这么一来，他不想在这个山上
了．他想下山．这个时候，他
明明知道他的学业甚么的，都
还没有成就，可是，他不想再
在山上了，所以他就下山了． 10
　　他下山的时候，走到山的
半路，看见一个小湖，小湖的
边儿上，有一个老太太，那个
老太太用湖里的水，在一块石
头上磨一个东西．他问那个老 15
太太："你在那里磨甚么呢？"老

太太说："我在这里磨(mó)一块铁(tiě)."

"磨(mó)铁(tiě)做甚么呢?"他又问.老太

太说："我要把这块铁(tiě)磨(mó)成(chéng)针(zhēn)."

他说："那么一大块铁(tiě),怎么能

5 磨(mó)成针(zhēn)呢?"老太太说："只要工

夫深(shēn),铁(tiě)可磨(mó)成(chéng)针(zhēn).我一天磨(mó)

不成(chéng),两天.两天磨(mó)不成,三

天,五天……一个月,半个月,

一年,两年……十年,二十年,

10 只要多用工夫,早晚必有磨(mó)成(chéng)

的那一天."他听了这话以后,

想起来他现在学问没有成(chéng)就,

是因为工夫不深(shēn)!他又想起来

他父亲告诉过他的成(chéng)语:"行百

15 里者半九十."他心里明白了.

他想他不应当在学业没有成(chéng)就

下山来了．他就又回山上去了。

　　李白回到山上以后，比以
前更用功了．他每天在山上用
功以外，还到山里走走．他慢
慢儿的走，一边儿走，一边儿　5
看．他看见山外有山，山中有
湖，湖里还有一些小鱼，天上
还有不少小鸟（niǎo）儿．他差不多天
天在这山里走，也天天看见这
些鱼跟鸟（niǎo）儿．日子长了，他就　10
喜欢上这些鱼跟鸟（niǎo）儿了．他对
小鸟（niǎo）儿更喜欢．他就在念书的
地方养（yǎng）了很多鸟（niǎo）儿．最初，只
是给鸟（niǎo）儿东西吃，他把吃的东
西，放（fàng）在地上．鸟（niǎo）儿看见了有　15
吃的东西，就三个五个的飞到

地上吃东西．后来，越来越多．
过了一些日子，来的更多了．
差不多有一千多个小鸟儿了．

　在李白养的这么多的小鸟
儿里，有几个是李白最喜欢的．5
因为他一叫他们，他们就能飞
在李白的手上吃东西．鸟在人
的手上吃东西，那是难得的事．

　李白在山上养鸟儿，鸟儿
能在他手上吃东西，这一件事，10
很快的，山上的人，就都知道
了．又很快的，山下的人，也
多半知道了．连离山不远的城
里的人，也有不少知道了．更
有一个离山很远的很大的城，15
那个城里有一个大官，也听说

了．那个大官说："乌儿能飞在
人的手上，来吃东西，我不信
能有这样的事．我必得亲自去
看看."他说完这话，就亲自往
山上去了．

    那个大官到山上，见了<u>李</u>
<u>白</u>以后，看见<u>李白</u>果然养了很
多乌儿．他对<u>李白</u>说："听说你
能叫乌儿飞到你手上，来吃东
西，是真的吗？可以做给我看
看吗？"<u>李白</u>说："当然可以."说
完这话，<u>李白</u>就走到院子里，
把吃的东西放在手上，果然有
几个小乌儿飞下来，他们飞在
<u>李白</u>的手上，把东西吃了．吃
完了以后，都飞走了．那个大

5

10

15

^{guān}
官看完了以后，说："你真有本
事。"他又说："听说你念书以外
还学道，这鸟^{niǎo}儿能飞到你手上
来吃东西，或者是你用的是道
教的法子。那么，你对道教一
定是很有研究。现在的皇^{huáng}上，
也是信道教的，你有这个本事，
我可以报告给皇^{huáng}上知道，想皇^{huáng}
上对你一定会重用的。"李白听
了以后，说："我知道你是一种
好意。不过，我是个书生，我
只是要在山上把书念好。以后，
或者能为国家做点儿事，现在
我书没念好，能叫鸟^{niǎo}儿在我手
上吃东西，算不了甚么大事。
我不想把这事让人知道，更不

想让皇上^{huáng}知道，请你不要把这件事报告给皇上^{huáng}知道。"那个大官^{guān}说："这是你见皇上^{huáng}的一个好机会。你要再想一想，然后再告诉我。"他说完了这话就下山 5
了。

　　那个大官^{guān}，也没等得到李白的同意，就把李白能叫鸟儿^{niǎo}在他手上吃东西的事报告给皇^{huáng}上了。当时的皇上^{huáng}是唐明皇^{táng}^{huáng}。 10
唐明皇^{táng}^{huáng}的一生，可以说是前后不同。在他的前半生，真是一个好人。也是一个很开明的皇^{huáng}上。他用有学问也有本事的人，把国家治理的很好。在中国历 15
史上叫那个时期是"开元之治^{zhī}"。

甚么叫"开元之治"呢？"开元"
是唐明皇的年号，意思是在开
元的那几十年里，国家治理的
最好．可是，到了唐明皇的后
半生，跟他前半生就不一样了．5
他喜欢一个妃子叫杨贵妃，他
最听信杨贵妃的话．杨贵妃让
他做甚么，他就做甚么．他重
用杨贵妃家里的人．那些杨家
的人，多半是不做好事的．这10
时候，唐明皇自己又不理国事．
所以唐朝这个朝代，可就一天
不如一天了．

　　唐明皇知道了李白在山上
养鸟儿，能叫鸟儿在他手上吃15
东西以后，就叫人去找李白，

叫他到京城来．在有皇上的时
代，皇上说出来的话，谁都不
能不听．李白本来也应该听唐
明皇的话，去见唐明皇，可是
5 李白不去,他对来的那个人说:
"我现在有病,不能去见皇上."
后来，唐明皇又叫人来找他两
次，他都说有病，没去．他是
不是真的有病呢？不是的．那
10 么，他为甚么不去呢？因为李
白当时认为如果去见皇上，皇
上只是看他是一个会养鸟儿的
人，所以他不去．后来，有人
说:"那个时候，李白的用意是
15 在养高忘机．"甚么叫养高忘机
呢?就是为了养成更高的名望,

就忘了目前的机会．所以唐明
皇几次找他，他都不去．
　　李白用甚么方法养成他更
高的名望呢？就是研究学问．
他把他的诗、文作好了以后，　5
拿给当时有名的文学家，或者
是有名的大官，请他们看．这
么一来，他虽然还是住在山上，
可是，他的诗、文都好的名声
远近都知道了，就连唐明皇也　10
知道了．有一次，一个出名的
文学家看见李白作的诗、文，
他说："这个人有这样的天才，
将来一定是第一等作家．"这句
话给了李白更大的信心．过了　15
一个时期，李白觉得自己的学

识、声望，已经有很多人知道了，他就下山了。

在唐（táng）朝的时候，正是实行科举（jǔ）时代。甚么叫科举（jǔ）呢？就是国家用人，是用考试方法。 5
所有念书的人，在经过几次考试以后，如果都考上了，就可以做官（guān）。李白有那么好的学问，要是他去考试，一定可以考上，一定能做官（guān）的。但是他是一个 10
狂士（kuáng shì），他不想从考试这条路，找出路，去做官（guān）。而且他还不想做小官（guān）。他的意思，要做官（guān）就做大官（guān），因为只有做大官（guān），才可以给国家做大事。他想从 15
平民做大官（guān），这当然是理想，

不容易做到的. 可是李白有他
的做法.他在山上念书的时候,
是养(yǎng)高忘机,他在下山的时候,
是遊(yóu)历结识. 甚么叫遊(yóu)历结识
5 呢? 遊(yóu)历就是在国内旅行, 结
识是认识有才能的人, 结成(chéng)好
朋友.他为甚么有这种理想呢?
他以为用这种理想去做, 别人
才能知道他真是一个有才能的
10 人. 他下山以后, 就实行他的
理想, 去遊(yóu)历结识. 经过了几
年的时间, 也没有多大的成就(chéng).
后来,只是跟几个能作诗(shī)的人,
时常在一块儿, 过着喝酒(hē jiǔ)和作
15 诗(shī)的生活. 可是, 他常常自己
对自己说:"天生我才必有用,

早晚会有人知道我的."

　　有一天,有人对唐(táng)明皇(huáng)说:
"有一个学问很好的人,名字叫
李白,作文、作诗(shī),都很出名.
皇(huáng)上如果能用他,他一定是能 5
很有表现的."唐(táng)明皇(huáng)说:"李白
这个人的名字,我早就听说过,
想他是真的有学问."於是唐(táng)明
皇(huáng)就连下三道旨(zhǐ)意,叫李白到
京城来见他. 10

　　李白看见了唐(táng)明皇(huáng)的三道
旨(zhǐ)意,他很高兴,他说:"这是
一个好机会,我见了皇(huáng)上,或
者要给国家作些大事了."他就
很快的到了京城,去见唐(táng)明皇(huáng). 15
　　唐(táng)明皇(huáng)在李白来见他的时

候，他从坐位走下来，对<u>李白</u>

说："你是一个平民，能把名字

让我知道，如果不是真有学问，

那儿能这样！"又亲手给他东西

让他吃．别的大^{chén}臣看见皇^{huáng}上对 5

<u>李白</u>这样客气，都说这是从来

没有的事．

　　唐^{táng}明皇^{huáng}叫<u>李白</u>做官^{guān}了吗？

他没给他官^{guān}做，他也不叫他问

关於政治的事．只是叫<u>李白</u>做 10

些关於文学方面的事．这种工

作，在别人来说，是一种很有

面子的事，因为时常可以看见

皇^{huáng}上．但是，<u>李白</u>对这种工作，

就觉得不理想．为甚么觉得不 15

理想呢？<u>李白</u>来见皇^{huáng}上的意思

是，他想给国家做点儿大事，
没想到皇上只是对他客气，而
且只是叫他做些文学方面写作
的一些事．这样不能实现他对
5 政治上的理想．他越想越不高
兴，越想越觉得不如意．因为
他是狂士，他看不起朝中所有
的大臣，更看不起在唐明皇左
右最亲信的人．

10　　那时，在唐明皇左右最亲
信的人有两个，一个是杨贵妃，
一个是高力士．杨贵妃是最美
的女人，唐明皇特别喜欢他，
这在前头已经说过了．高力士
15 是不离唐明皇左右的人．唐明
皇对於这两个人言听计从．甚

么叫言听计从呢？言听就是他
们说出来的话，唐明皇听见了
就一定信的．计从就是他们想
出来的方法，唐明皇也一定说
好，就去做去．　　　　　　　　　5

　　李白自从唐明皇就让他做
些写作的事以后，他心里虽然
不如意，也只好做去．有时候
见到皇上，李白所说的，也不
过是些诗、文的事．　　　　　　10

　　有一天，有一个西方的国
家，给唐朝来了一件国书，国
书就是国家对国家的公文．唐
明皇就让大臣们看这件国书，
问他们这件国书里，写的是甚　15
么事？那些大臣们都是生长在

中国的，念的书也都是中国的
文字，他们怎么能认识那个西
方国家的文字呢？所有大臣(chén)们，
都不认得那件国书上的文字，
谁也不知道，那件国书是为了 5
甚么事．这时候，有一个大臣(chén)
说："这件国书上的文字，李白
或者可能认得，因为李白在十
几岁的时候，就能看懂别人所
看不懂的书．还有，听说李白 10
是在外国出生的."唐(táng)明皇(huáng)就叫
人找李白来．

那时候，李白正在京城里
的一条小河边儿的一个酒(jiǔ)馆里
喝(hē)酒(jiǔ)．他喝(hē)的太多了，已经喝(hē) 15
醉(zuì)了．有人告诉他，皇(huáng)上叫人

来找他来了．那个来的人让李白快点儿去，他对李白说："这酒馆的小河边儿上，有一条船，希望你马上坐这条船去．"李白听了，好像听见，又好像没听见．他只觉得有人直说"皇上皇上"的．过了一会儿他才说："皇上……就……是……皇上……你们……对皇上说，臣……臣……是酒中仙．"来的人看他醉了，只好等着．过了不少时候，李白有一点儿明白过来了，才去见唐明皇．

　　唐明皇让李白看那件西方国家来的国书，问他懂得吗？里面说的是甚么事？李白看了看，说："这些文字，臣都认得．"

他一面看，一面就说出国书是
为了甚么事．唐明皇听了很高
兴，说李白真是人才．又问李
白："你可以写一件回书吗？"李
白说："可以."这时李白是才喝 5
过酒的，他就带着酒意，写那
件回书．因为写回书是最机要
的事，唐明皇就叫别人都走开．

当时看着李白写回书的人，只
有唐明皇、杨贵妃、还有高力 10
士．李白写了一会儿，对唐明
皇说："臣因为喝了酒，觉得靴
子太小，能不能让臣把靴子脱
下来？唐明皇知道李白是一个
狂士，这时又正喜欢李白的天 15
才，就说："可以，可以."李白又

说："臣在酒后，一点儿力气都
没有，自己脱不下来，可以不
可以请别人给臣脱一脱呢？"唐
明皇说："也可以。"这时唐明皇
心里想，这里谁能给他脱靴子 5
呢？一看，高力士正在后边儿
呢，唐明皇就对他说："你给他
脱脱靴子。"高力士听见皇上叫
他给李白脱靴子，心里很不高
兴。他心里想："皇上怎么让我 10
给他脱靴子呢？我怎能做呢？"
又一想，这是皇上的旨意，那儿
能不做呢？於是高力士就走到
李白的面前，给李白把靴子脱
了，可是高力士气得不得了。 15
　　李白让高力士脱了靴子以

后，他又往下写那件回书．写
了一会儿，他对唐(táng)明皇(huáng)说："墨(mò)
不太好，水太多了，能不能叫
人再把墨(mò)磨(mó)一磨(mó)呢？"唐(táng)明皇(huáng)心
里想，写国书是代表国家的面
子，墨(mò)不好，应当再磨(mó)一磨(mó)，
可是，叫谁磨(mó)呢？本来可以叫
高(gāo)力士(shì)磨(mó)的，可是高(gāo)力士(shì)已经
给李白脱(tuō)了靴(xuē)子了，看样子好
像是有点儿不高兴，不好意思
再让他做了．磨(mó)墨(mò)是不用力气
的．他就对杨(yáng)贵妃(fēi)说："那就请
妃(fēi)子给磨(mó)磨(mó)墨(mò)，因为这是一件
国书，是很重要的．"
　　杨(yáng)贵妃(fēi)一听让他给李白磨(mó)
墨(mò)，他的气不知道从那儿来了．

他想:"我是皇上的妃子,怎么
能给人家磨墨呢?"本来想不去
磨,但是,又一想这是皇上的
旨意,怎可以不做呢?於是就
5 把墨磨了.

　　李白在高力士给他脱靴,
和杨贵妃给他磨墨以后,心里
得意极了,就在这个酒后得意
的时候,很快的把回书写好了.
10 唐明皇十分高兴,从这个时候
以后,唐明皇看李白更是一个
有才能的人了.

　　又有一天,唐明皇和杨贵
妃,在花园里看花儿.唐明皇
15 对着美人,看那很好看的花儿,
心里十分高兴,就叫人拿酒来.

他一面喝酒，一面看花儿，一
面又看那比花还美的美人儿．
他心里太高兴了，就叫人来歌
舞．歌舞了一会儿，他说："我
觉得这些歌儿，我听得次数太 5
多了．"杨贵妃说："如果叫人作
几首新的，皇上就一定喜欢听
了．"唐明皇说："妃子说的对．"
当时就想起，李白的诗跟歌儿
作的好，就叫人去告诉李白， 10
请他作几首新歌儿来．

　　李白这个时候正在家里喝
酒呢，又喝得有点儿醉了．听
说皇上叫他作新歌儿，他马上
就作了三个歌儿．这三个歌儿 15
也是三首诗，作的又快又好，

那就是后来在中国文学史上，
很著名的三首诗

唐明皇看见那三首诗，很
高兴的说："李白真是天才。"从
这个时候以后，就有重用李白 5
的意思。

自从李白叫高力士脱靴，
杨贵妃给他磨墨以后，高、杨
两个人认为是最没面子的事。
於是，他们就在唐明皇的面前，10
常说李白有种种的短处。又说
他这么喜欢喝酒，是一个狂士，
怎么能做大事呢？唐明皇从来
信这两个人的话，这么一来，
唐明皇对李白，不但不重用，15
而且也不重看了。

　　李白觉得唐明皇对他越来
越不好．唐明皇的左右，和一
些大臣，也没有一个给他说好
话的．他本来的理想，到了京
城，见着皇上，是要给国家做 5
些大事，这么一来，那是完全
没有希望了．於是，他更酒不
离口，也更看不起别人了．三
年以后，他不得不上书给唐明
皇，说他想要回山上去．唐明 10
皇也没客气，就让他走了．从
这个时候，李白就离开了京城，
再也没有甚么如意的事了．而
且还有很多不如意的事．可是，
他的诗酒的大名，一直到现在 15
还是人人知道的．

(Numbers before periods refer to pages;
after the period, to lines.)

1.1 李 lǐ plum; (a surname)

白 bó white (reading pronunciation)

.2 唐 táng T'ang period (618-906)

唐朝 táng cháo T'ang dynasty (618-906)

.3 诗(詩) shī poem, poetry

诗人 shīrén poet

.14 首 shǒu stanza (measure for poetry)

3.1 牀 chuáng bed

光 guāng light

月光 yuèguāng moonlight

疑 yí suspect

霜 shuāng frost

.2 举(舉) jǔ to raise

低 dī to lower

乡 (鄉)   xiāng   native place

.4 想 起   xiǎngqi   recall

家 乡   jiāxiāng   one's native place

.8 喝   hē   drink

酒   jiǔ   wine, liquor

.9 杯   bēi   cup

斗   dǒu   a peck

.12 醉   zuǐ   intoxicated, drunk

喝 醉   hēzuǐ   drink to intoxication, become drunk

4.2 仙   xiān   an immortal

诗 仙   shīxiān   poetic genius

酒 仙   jiǔxiān   hard drinker

.8 先 人   xiānrén   ancestors

5.7 起 名 字   qǐ míngzi   give a name

6.7 学 道   xué dào   study Taoism

.8 道 教   dàojiào   Taoism

6.9 成　chéng　become; be all right

成功　chénggōng　succeed

长生不老　chángshēngbùlǎo　live forever, be immortal

.10 仙人　xiānrén　an immortal

7.11 本家　běnjiā　one's own family

才能　cáinéng　talent

.12 天生的　tiānshēngde　natural, produced by heaven

.16 剑(劍)　jiàn　sword

学剑　xué jiàn　study swordplay

剑法　jiànfǎ　swordplay, swordsmanship

9.3 男儿　nán'ér　a male, a man

方　fāng　square

寸　cùn　inch

方寸心　fāngcùnxīn　heart's desire

11.6 成语　chéngyǔ　saying, maxim

.7 行百里者半九十　xíngbǎilǐzhě bànjiǔshí

stopping just short is as bad as to stop half way

.11 成 就 chéngjiù success, achievement, accomplishment

.12 分 别 fēnbié to part, to separate

13.3 高 明 gāomíng of excellent ability, of excellent quality

.6 这 么 一 来 zhènmoyìlái thus, so

.8 学 业 xuéyè (advanced) education

.14 石 (头) shí(tou) stone

.15 磨 mó rub, grind

14.1 铁(鐵) tiě iron

.3 磨 成 móchéng grind into; succeed in grinding (RV)

针(針) zhēn needle

.6 深 shēn deep, profound, extensive

15.8 鸟 (鳥) niǎo bird

.10 日 子 长 了 rìzi chángle after a long time

.11 喜 欢 上 xǐhuanshang become fond of

.13 养 (養) yǎng to raise, take care of

.15 放 fàng   put, place

17.16 官 guān   an official

20.6 皇 (上) huáng(shang)   emperor

.9 重 用 zhòngyòng   employ in an important position

.11 好 意 hǎoyì   a good intention; a friendly feeling

书 生 shūshēng   scholar, student, man of letters

21.10 唐 明 皇 Táng Míng Huáng   Illustrious Emperor of T'ang (713-756)

.11 一 生 yìshēng   (whole) life

.13 开 明 kāimíng   enlightened

.16 开 元 kāiyuán   a beginning (reign title, 713-742)

之 zhī   (classical subordinating particle, equivalent to de)

开 元 之 治 kāiyuán zhī zhì   New Deal (lit. Beginning Rule)

23.2 年 号 niánhào   reign title

.6 妃 子 fēizi   concubine

杨(楊) yáng   poplar; (a surname)

贵 妃 guìfēi   imperial concubine of the third rank

.7 听信   tīngxìn   be swayed by

.12 一天不如一天   yìtiān bùrú yìtiān

     get worse day by day

24.1 京城   jīngchéng   capitol

.15 养高忘机   yǎnggāo wàngjī   foster high ideals

     and abstain from scheming

.16 养成   yǎngchéng   foster

     名望   míngwàng   reputation, fame

25.1 目前   mùqián   at present, immediate

.9 名声   míngshēng   reputation, fame

.15 信心   xìnxīn   faith, (self-) confidence

.16 学识   xuéshi   knowledge, scholarship

27.1 声望   shēngwàng   reputation, fame

.4 科举   kējǔ   select by examination

.11 狂   kuáng   mad, eccentric

     士   shì   scholar

狂士　　kuángshì　　eccentric scholar

.14 只有　　zhǐ yǒu　　only if

.16 理想　　lǐxiǎng　　ideal

28.4 遊　　yóu　　travel, recreation

遊历　　yóulì　　travel

结识　　jiéshí　　make friends

.6 结成　　jiéchéng　　join as

29.8 於是　　yúshì　　thereupon

.9 道　　dào　　(measure for commands or orders)

旨　　zhǐ　　imperial decree

旨意　　zhǐyì　　imperial decree

31.5 臣　　chén　　imperial minister, official; I, me (used in addressing emperor)

大臣　　dàchén　　high official

.12 在别人来说　　zài biéren lái shuō　　in terms of other people, as far as other people are concerned

32.7 看不起　　kànbuqǐ　　look down on, despise

朝 中　　cháozhōng　　in court

.10 亲 信　　qīnxìn　　intimate

.12 力 士　　lìshì　　powerful person; (title of an official)

.16 言 听 计 从　　yántīng jìcóng　　acquiesce in

advice and follow suggestions

33.12 国 书　　guóshū　　communication from one state to another

.13 公 文　　gōngwén　　official document

.14 大 臣 们　　dàchénmen　　high officials

35.14 酒 馆　　jiǔguǎn　　tavern

37.6 直 说　　zhí shuō　　keep on saying

.9 酒 中 仙　　jiǔzhōngxiān　　an Immortal of the Wine cup

.12 明 白 过 来　　míngbaiguolai　　become sober

39.4 回 书　　huíshū　　answer

.6 酒 意　　jiǔyì　　tipsyness

.7 机 要　　jīyào　　confidential

.12 靴 (子)　　xuē(zi)　　boots

39.13 脱   tuō   shed, take off (clothes)

脱 下 来   tuōxialai   take off (RV)

43.2 墨   mò   ink

.9 看 样 子   kàn yàngzi   from appearances, seem that, it looks like

44.14 花 (儿)   huā(r)   flower

花 园   huāyuán   flower garden

.15 对 着   duìzhe   face, facing

45.2 美 人 (儿)   měirén(r)   a beautiful woman

.3 歌 (儿)   gē(r)   song

.4 舞   wǔ   dance

歌 舞   gēwǔ   sing and dance; songs and dances

.7 新   xīn   new

47.16 重 看   zhòngkàn   esteem

49.2 左 右   zuǒyòu   entourage, attendants

.9 上 书   shàng shū   send up a memorial

.15 大 名   dàmíng   great reputation, fame

STROKE INDEX OF CHARACTERS
(Simplified characters in first column, regular in second)

	2		为	為	wèi	对	對	duì
儿	兒	ér	见	見	jiàn	边	邊	biān
几	幾	jǐ	从	從	cóng	长	長	cháng
	3		开	開	kāi	们	們	men
个	個	gè	乌	鳥	niǎo	东	東	dōng
么	麼	mo	历	歷	lì	业	業	yè
乡	鄉	xiāng	气	氣	qì	让	讓	ràng
万	萬	wàn	计	計	jì	号	號	hào
马	馬	mǎ	认	認	rèn	处	處	chù
飞	飛	fēi		斗	dǒu		仙	xiān
	之	zhī	书	書	shū		石	shí
	士	shì		**5**			**6**	
	寸	cùn	头	頭	tóu		光	guāng
	4		写	寫	xiě		妃	fēi

60

成	chéng	来 來	lái				
旨	zhǐ	块 塊	kuài	这 這	zhè		
当 當	dāng	听 聽	tīng	连 連	lián		
后 後	hòu	两 兩	liǎng	远 遠	yuǎn		
欢 歡	huān	应 應	yìng	还 還	hái		
岁 歲	suì	诉 訴	sòng	诗 詩	shī		
买 買	mǎi	杨 楊	yáng	国 國	guó		
问 問	wèn	声 聲	shēng	话 話	huà		
吗 嗎	ma	识 識	shí	极 極	jí		
会 會	huì	条 條	tiáo	经 經	jīng		
机 機	jī	园 園	yuán	学 學	xué		
关 關	guān	针 針	zhēn	现 現	xiàn		

7

		低	dī	实 實	shí
过 過	guò	李	lǐ	试 試	shì
时 時	shí	狂	kuáng	官	guān
里 裏	lǐ	臣	chén	放	fāng

8

杯 bēi	养 養 yǎng	遊 遊 yóu
牀 chuáng	难 難 nán	13
9	样 樣 yàng	靴 xuē
贵 貴 guì	请 請 qǐng	14
将 將 jiāng	谁 誰 shéi	疑 yí
觉 覺 jué	唐 táng	歌 gē
结 結 jié	酒 jiǔ	15
种 種 zhòng	11	墨 mò
带 帶 dài	深 深 shēn	舞 wǔ
研 研 yán	脱 脱 tuō	醉 zuì
皇 huáng	离 離 lí	16
首 shǒu	馆 館 guǎn	磨 mó
剑 劍 jiàn	12	17
10	喝 hē	霜 shuāng

PINYIN INDEX

bēi 杯 cup 3.9

běnjiā 本家 one's own family 7.11

bó 白 white (reading pronunciation) 1.1

cáinéng 才能 talent 7.11

chángshēngbùlǎo 长生不老 live forever, be

immortal 6.9

cháozhōng 朝中 in court 32.7

chén 臣 imperial minister, official; I, me (used in

addressing emperor) 31.5

chéng 成 become; be all right 6.9

chénggōng 成功 succeed 6.9

chéngjiù 成就 success, achievement, accomplishment

11.11

chéngyǔ 成语 saying, maxim 11.6

chuáng 牀 bed 3.1

cùn 寸 inch 9.3

dàchén 大臣 high official 31.5

dàchénmen 大臣们 high officials 33.14

dàmíng 大名 great reputation, fame 49.15

dào 道 (measure for commands or orders) 29.9

dàojiào 道教 Taoism 6.8

dī 低 to lower 3.2

dǒu 斗 a peck 3.9

duìzhe 对着 face, facing 44.15

fāng 方 square 9.3

fàng 放 put, place 15.15

fāngcùnxīn 方寸心 heart's desire 9.3

fēizi 妃子 concubine 23.6

fēnbié 分别 to part, to separate 11.12

gāomíng 高明 of excellent ability, of excellent quality 13.3

gē(r) 歌 (儿) song 45.3

gēwǔ 歌 舞 sing and dance; songs and dances 45.4

gōngwén 公 文 official document 33.13

guān 官 an official 17.16

guāng 光 light 3.1

guìfēi 贵 妃 imperial concubine of third rank 23.6

guóshū 国 书 communication from one state to

another 33.12

hǎoyì 好 意 a good intention; a friendly feeling 20.11

hē 喝 drink 3.8

hēzuì 喝 醉 drink to intoxication, become drunk 3.12

huā(r) 花 (儿) flower 44.14

huáng(shang) 皇 (上) emperor 20.6

huāyuán 花 园 flower garden 44.14

huíshū 回 书 answer 39.4

jīyào 机 要 confidential 39.7

jiāxiāng 家乡 one's native place 3.4

jiàn 剑(劍) sword 7.16

jiànfǎ 剑法 swordplay, swordsmanship 7.16

jiéchéng 结成 join as 28.6

jiéshí 结识 make friends 28.4

jīngchéng 京城 capitol 24.1

jiǔ 酒 wine, liquor 3.8

jiǔguǎn 酒馆 tavern 35.14

jiǔxiān 酒仙 hard drinker 4.2

jiǔyì 酒意 tipyness 39.6

jiǔzhōngxiān 酒中仙 an Immortal of the Wine-Cup 37.9

jǔ 举(擧) to raise 3.2

kāimíng 开明 enlightened 21.13

kāiyuán 开元 a beginning (reign title, 713-742) 21.16

kāiyuán zhī zhì 开元之治 New Deal (lit. Beginning

Rule) 21.16

kànbuqǐ 看 不 起 look down on, despise 32. 7

kàn yàngzi 看 样 子 from appearances, seem that, it

　　　looks like 43. 9

kējǔ 科 举 select by examination 27. 4

kuáng 狂 mad, eccentric 27. 11

kuángshì 狂 士 eccentric scholar 27. 11

lǐ 李 plum; (a surname) 1. 1

lìshì 力 士 powerful person; (title of an official) 32. 12

lǐxiǎng 理 想 ideal 27. 16

měirén(r) 美 人 (儿) a beautiful woman 45. 2

míngbaiguolai 明 白 过 来 become sober 37. 12

míngshēng 名 声 reputation, fame 25. 9

míngwàng 名 望 reputation, fame 24. 16

mó 磨 rub, grind 13. 15

mò 墨 ink 43. 2

móchéng 磨 成 grind into; succeed in grinding (RV) 14. 3

shūshēng 书 生 scholar, student, man of letters 20.11

shuāng 霜 frost 3.1

táng 唐 T'ang period (618-906) 1.2

táng cháo 唐 朝 T'ang Dynasty (618-906) 1.2

Táng Míng Huáng 唐 明 皇 Illustrious Emperor of T'ang

       (713-756) 21.10

tiānshēngde 天 生 的 natural, produced by heaven 7.12

tiě 铁 (鐵) iron 14.1

tīngxìn 听 信 be swayed by 23.7

tuō 脱 shed, take off (clothes) 39.13

tuōxialai 脱 下 来 take off (RV) 39.13

wǔ 舞 dance 45.4

xǐhuanshang 喜 欢 上 become fond of 15.11

xiān 仙 an immortal 4.2

xiānrén 先 人 ancestors 4.8

xiānrén 仙 人 an immortal 6.10

yǎngchéng 养成 foster 24.16

yǎnggāo wàngjī 养高忘机 foster high ideals and

abstain from scheming 24.15

yí 疑 suspect 3.1

yìshēng 一生 (whole) life 21.11

yìtiān bùrú yìtiān 一天不如一天 get worse

day by day 23.12

yóu 遊 travel, recreation 28.4

yóulì 遊历 travel 28.4

yúshì 於是 thereupon 29.8

yuèguāng 月光 moonlight 3.1

zài biérén lái shuō 在别人来说 in terms of

other people, as far as other people are concerned

31.12

zhēn 钅十 (針) needle 14.3

zhènmoyìlái 这么一来 thus, so 13.6

zhī 之   (classical subordinating particle)   21. 16

zhǐ 旨   imperial decree   29. 9

zhí shuō 直 说   keep on saying   37. 6

zhǐyi 旨 意   imperial decree   29. 9

zhǐyǒu 只 有   only if   27. 14

zhòngkàn 重 看   esteem   47. 16

zhòngyòng 重 用   employ in an important position   20. 9

zuì 醉   intoxicated, drunk   3. 12

zuǒyòu 左 右   entourage, attendants   49. 2